Une vie…

Chantal BERNATI

©2019 Chantal BERNATI

Edition : BoD – Books on Demand
12/14 rond-point des Champs Elysées
75008 Paris
Imprimé par BoD – Books on Demand, Norderstedt
ISBN : 9782322170777
Dépôt légal : Mars 2019

Toute représentation intégrale ou partielle faite sans le consentement de l'auteur ou de ses ayants droit ou ayants cause est illicite.

Chantal Bernati est née en 1966, elle entre à « La Société des Auteurs Savoyards » en mars 2016 avec son roman « Partir avant de vous oublier… »

Bibliographie :

« Une adolescence volée » 2014
« Partir avant de vous oublier… » 2015
« Après toi… » 2015
« Comme une ombre au fond de ses yeux » 2015
« Sur le chemin de mon père » 2016
« Un cœur en hiver » 2017

À Julien et Hortense Jacquet qui m'ont laissé de si merveilleux souvenirs…

À mes parents, à mes enfants, Céline, Émilie, Guillaume, Nicolas et Lilou, à mes petits-enfants, Kelyah et Neymar, qui je l'espère, garderont de belles images du temps passé avec leur mamie Chantou…

La vie passe tellement vite.
Si tu ne t'arrêtes pas pour regarder autour de toi de temps en temps, tu pourrais la manquer.
Ferris Buller

Chapitre 1

Hortense

Hortense a soixante-dix-huit ans.

Malgré son âge avancé, on peut dire qu'elle reste une belle femme. Elle a de magnifiques cheveux blancs, impeccablement coiffés, des yeux vert émeraude, qui pétillent derrière des lunettes en métal. C'est une femme qui a de la tenue, comme on dit. Mais, désormais, Hortense vit au ralenti. Souvent, en pensant au passé, elle ravale ses larmes. Où est-il le temps où la maison était pleine de rires ? Elle passe le plus clair de ses journées à ressasser ses souvenirs, assise dans son vieux fauteuil. Et pourtant, il y en a eu de la joie dans cette maison ; la naissance de son fils, Pierre, puis quelques années plus tard, celles des jumelles, Louise et Mathilde. Julien, son défunt mari, était un homme doux, gentil et travailleur. Hortense doit avouer que, finalement, elle a eu une vie heureuse. Puis les enfants, les uns après les autres avaient quitté la maison et le couple s'était retrouvé un peu perdu. Hortense s'était alors consacrée à ses roses, Julien à son potager et à ses poules. Et puis, les rires d'enfants avaient de nouveau résonné dans la maison... Six petits-enfants étaient venus agrandir la famille et ce fut pour Hortense et Julien une seconde jeunesse. Leur vie avait été rythmée par les vacances scolaires où le couple gardait tout ce petit monde. Secrètement, la grand-mère avait une petite préférence pour Julie, la fille de Pierre. Cette petite, avec ses grands yeux bleus qui venaient d'on-ne-sait-où, était de loin la plus câline des six. Elle ressemblait beaucoup à son père, mis à part ce regard couleur océan.

Puis les petits-enfants devinrent des adolescents, et leurs visites furent plus rares. Seule Julie continuait à passer un weekend de temps à autre chez ses grands-parents, et à égayer ainsi leur retraite.

Un soir, Julien ne s'était pas senti très bien. Hortense devait se rappeler longtemps ses paroles :

- Hortense, si je dois partir, je voudrais que tu saches que j'ai été heureux avec toi, que je ne regrette aucun de mes choix…
- Mais, moi non plus, mon Julien, je ne regrette rien. On a été tellement heureux. Et tu ne vas pas partir, j'ai encore besoin de toi. Je t'aime. Tu le sais, n'est-ce pas, que je t'aime ?
- Oui, je le sais.

Et Julien avait posé délicatement ses lèvres sur le front de sa femme.

Le lendemain matin, quand cette dernière ouvrit les yeux, elle se tourna vers son époux et le découvrit immobile, sans vie. Hortense comprit que, la veille, Julien avait senti la mort venir. Elle posa la tête sur le torse du vieil homme avec qui elle avait passé cinquante-neuf années de sa vie et laissa couler ses larmes. Elle resta là, sans bouger, un long moment à lui murmurer des mots oubliés, ces mots d'amour que l'on murmure quand on est jeune, lorsqu'on croit que la vie ne sépare jamais les gens qui s'aiment. Tous ces mots qu'elle ne dirait plus et qu'elle regrettait de ne pas avoir dit plus souvent. Enfin, elle se décida à appeler son fils. Ensuite, tout alla très vite, et Hortense se laissa porter. Puis ce fut la sépulture, le monde, les fleurs, les pleurs et Hortense… Hortense et sa douleur. Sa peine. Son manque de Julien. Hortense, dont les larmes ne tarissaient pas. Hortense, dont la tête était remplie d'images passées. Hortense qui se sentait comme amputée d'un membre.

Tous les proches se retrouvèrent à la maison et la vieille dame se dit que c'était bien triste qu'il faille un malheur pour rassembler tous ceux qu'on aime. Julien aurait tant voulu les revoir une dernière fois tous réunis dans leur maison…

Mais, bientôt, ce fut l'heure pour chacun de rentrer chez soi. Seuls Pierre et Julie restèrent auprès d'Hortense. Ils l'aidèrent à se coucher puis se retrouvèrent tous les deux blottis devant le poêle à bois. Le père et la fille étaient très proches. Marie, la mère de Julie, n'était pas très maternelle, aussi, quand elle avait quitté son mari, elle avait également quitté la France, laissant sans regret son enfant derrière elle. Pierre et ses parents avaient fait le maximum pour que la fillette ne souffre pas du manque de sa mère. Cette dernière revenait d'Italie une à deux fois par an, les bras chargés de cadeaux pour Julie ; elle restait deux petites heures, et prétextait un rendez-vous pour s'enfuir à nouveau. Alors peut-être était-ce aussi pour cette raison qu'Hortense avait un petit faible pour Julie…

C'était en tout cas ce que pensaient ses proches...

Pierre et sa fille passèrent la soirée à se remémorer le temps où Julie était enfant.

La présence de son fils et de sa petite-fille fit chaud au cœur d'Hortense, mais bientôt ils durent, eux aussi, retourner à leurs occupations.

Hortense sut à ce moment-là ce qu'était la vraie solitude. Se lever le matin sans savoir pourquoi, pour qui. Préparer le repas et se retrouver seule devant son assiette à regarder, les yeux pleins de larmes, une boule dans la gorge, la place devenue vide. L'appétit, parti avec son mari... La journée, interminable, dans l'attente d'une visite, d'un appel… Et se coucher le soir venu dans un lit froid, un lit devenu trop grand pour elle seule, un lit qui lui rappelle cruellement l'absence de son époux. Qui peut imaginer ce que la vie peut être, quand, après presque soixante années de vie commune, le quotidien devient tellement vide ? D'un coup, elle s'était sentie vieillir, elle se voyait telle qu'elle était, une vieille femme qui essayait de survivre au décès de son mari, une vieille femme qui n'était plus utile à personne. N'est-ce pas là le pire des sentiments, cette impression de ne plus servir à rien ?

Chaque soir, dans ses prières, Hortense demande au Bon Dieu de venir la chercher, mais il ne semble guère pressé de l'exaucer.

Et pourtant, ses amies, Marie-Louise, Odette et dernièrement Octavie ont déjà lâché cette vie où Hortense ne se plait plus. Comme il lui est difficile de voir s'éteindre toutes ces vieilles gens autour d'elle. Il ne se passe plus un mois sans qu'elle n'aille à une sépulture… Elle se remémore souvent ces années où elles ont partagé tant de choses… Alors, malgré le poids de cette solitude forcée, elle prend sur elle pour trouver le courage de continuer à vivre. Les enfants viennent régulièrement la voir, mais ils sont toujours tellement pressés. Ils n'ont le temps de rien. Ce n'est pas comme

Hortense qui, elle, en a trop de temps. Elle voudrait partager avec eux ses souvenirs, mais à quoi bon ? Ils n'ont pas encore l'âge de se retourner sur leur vie, alors elle parle à son chat, à ses roses, quitte à passer pour une vieille folle…

Chapitre 2

Stéphane

Deux petits coups brefs à la porte et Hortense entend :
- Madame Jacquot, coucou, c'est le facteur…
- Entre, Stéphane, entre, mon petit…
Hortense aime beaucoup ce jeune facteur qui prend toujours un moment pour discuter avec elle. C'est un beau garçon blond, très serviable. La première fois qu'elle l'a invité à boire un café, il a eu l'air bien ennuyé :

- Je suis désolé, Madame Jacquot, je n'ai pas beaucoup de temps… J'ai du retard, aujourd'hui…
- Ce n'est pas grave, s'était-elle empressée de répondre, une autre fois…

Et le lendemain, la vieille dame avait tout préparé sur la table de la cuisine ; le café tout chaud, dans la vieille cafetière italienne, deux anciennes et magnifiques tasses du service en porcelaine, cadeau de sa belle-sœur Thérèse pour son mariage, déposées sur leurs soucoupes et un sucrier assorti, sans oublier les petites cuillères.

Hortense avait également confectionné de délicieux cookies. Elle était heureuse, Hortense ; aujourd'hui, c'était sûr, le facteur n'oserait pas refuser son invitation, il ne prendrait pas trop de retard, tout était prêt. Et effectivement, Stéphane, happé par la bonne odeur du café, en découvrant la magnifique table qui l'attendait, n'avait pas eu le cœur à refuser l'invitation d'Hortense.

Ainsi, un rituel s'est instauré ; tous les matins, le café du facteur est prêt, accompagné de quelques petites douceurs qu'Hortense prépare avec tout son cœur. Stéphane reste un moment à converser avec la vieille dame, et chacun y trouve du plaisir. Elle aime se raconter, et le facteur apprécie les anecdotes qu'elle lui rapporte avec humour. Quelquefois, quand elle a trop long à conter, elle lui dit :

- Va donc distribuer ton courrier, mon petit, je te dirai la suite demain.

Et le facteur revient brusquement dans la réalité d'où il s'est évadé quelques instants. Il faut dire qu'Hortense sait narrer les petites histoires de sa vie. Ainsi, la vieille dame a trouvé de nouveau une raison de se lever le matin, de faire de la pâtisserie. Quelquefois, elle sort un album photo qu'ils regardent ensemble.

- Tu es sûre que je ne t'ennuie pas avec mes vieilles histoires ? lui demande-t-elle régulièrement.

Mais Stéphane aime ces moments de partage, et quand Hortense, un grand sourire sur le visage, l'accueille comme un prince, il se sent enfin important pour quelqu'un, et il est heureux de lui offrir un peu de son temps en retour. Cette vieille dame, qui pourrait être sa grand-mère, l'apaise. Elle prend chaque jour la peine de lui demander comment il va, et quand il est énervé, pour une raison ou une autre, elle sait trouver les mots qui le calment. Quelquefois, quand son moral est bas, elle pose sa main ridée sur la sienne, lui parle doucement, comme à un enfant. Hortense,

à travers les confidences de Stéphane, sent que le jeune homme a beaucoup souffert, qu'il a un grand manque d'affection. Lui, de son côté, quand il ressent de la tristesse dans la voix d'Hortense, n'hésite pas à lui raconter des anecdotes qui lui sont arrivées depuis qu'il est facteur.

Et immanquablement, la vieille femme retrouve le sourire. Ainsi, chacun y trouve son compte.

Stéphane, à force de confidences, connait bien la vie de la septuagénaire et les traits de caractère de chacun de ses enfants et petits-enfants. Il a senti la préférence d'Hortense pour Julie.

Lui-même, conquis par tout ce que lui a dit la grand-mère, éprouve de la sympathie pour la jeune fille, sans jamais l'avoir rencontrée. Bien évidemment, la vieille dame lui montre des photos de sa petite-fille préférée.

- Tu as vu ses beaux yeux bleus ? Ce sont les yeux de l'amour, Stéphane…

Le facteur la regarde d'un air interrogatif, mais Hortense passe déjà à autre chose.

Et les jours se succèdent, les mois, les saisons… Et chaque matin, c'est du baume au cœur que de se retrouver et, puisque le dimanche le facteur ne passe pas, Hortense va jusqu'au village. Là, elle aime aller prendre un thé et une petite pâtisserie à la maison d'hôte « Les clarines », et quelquefois, quand il n'y a pas trop de monde, Vincent, le propriétaire, vient s'asseoir près d'elle, et ils conversent un peu. Parfois, un de ses enfants ou petit-enfants vient la voir, alors elle prépare un gâteau au goût du visiteur, et le lendemain raconte son après-midi à Stéphane…

Mais un lundi matin, quand le facteur arrive chez la vieille dame, il est surpris ; il est déjà neuf heures trente et les volets de la maison sont encore fermés, ce n'est pas dans les habitudes de madame Jacquot ; elle est toujours levée à l'aube et ouvre ses volets dès la pointe du jour. Stéphane frappe à la porte, appelle, mais n'obtient aucune réponse. Inquiet, il essaie d'entrer, mais la porte est close. Il court jusque chez le voisin qui jardine et lui demande s'il a vu madame Jacquot. Ce dernier lui répond par la négative, aussi Stéphane téléphone-t-il aux pompiers, leur explique rapidement les faits, leur donne l'adresse, et s'en retourne chez madame Jacquot. Il se rappelle subitement qu'elle lui avait un jour parlé d'une clef cachée dans la petite cabane d'oiseaux que son mari avait fabriquée. Le facteur s'en saisit et se précipite pour ouvrir. Hortense est là, assise sur son fauteuil, la tête légèrement penchée, comme endormie. Mais le jeune homme sait déjà qu'elle est dans son dernier sommeil, celui dont on ne se réveille pas. Stéphane ne peut que constater que Dieu a accédé à la demande de la vieille dame ; elle est allée rejoindre son mari… Sa main est posée sur une sorte de gros cahier, comme si elle venait d'en faire la lecture. Sur la table, comme chaque matin, tout est prêt pour la visite de Stéphane. Il est évident qu'Hortense lisait ce cahier en l'attendant. Le facteur soulève délicatement la main pour le prendre.

Voulait-elle le lui montrer ? Sans réfléchir, le jeune homme met précipitamment le cahier dans sa musette quand il entend les pompiers arriver…

Chapitre 3

Jean

Jean regarde autour de lui, un peu perdu. Fini la grande maison avec son beau potager, fini les promenades dans la forêt avec son vieux chien. Fini le son des cloches des vaches dans le pré voisin. Fini l'apéro chez les copains. Ne lui reste que ses yeux pour pleurer et des souvenirs pour occuper ses journées. Il est ce vieil homme dont on s'est débarrassé dans cette maison de retraite « La joie de vivre » dont elle n'a que le nom. Il a

fallu quelques jours à Jean pour réaliser que désormais c'est ici son nouveau domicile. Son fils, Philippe, lui a dit :
- Tu verras, papa, tu seras bien, tu n'auras plus à faire à manger, tu n'auras plus à t'occuper de rien…
Et Jean de répondre :
- Et que vais-je faire, alors ?
- Tu vas pouvoir profiter…
- Mais profiter de quoi ? Il n'y a rien ici…
- Tu vas pouvoir te reposer…
- J'aurai tout le temps de me reposer quand je serai mort…
- Allez, papa, arrête tes caprices, c'est mieux pour toi…
Jean n'avait pas répondu. À quoi bon. Son fils avait déjà pris sa décision, pour son bien, comme il

aimait à le lui répéter. Il aurait voulu lui dire qu'il n'avait rien demandé, qu'il était bien chez lui, mais quand on vieillit, on n'est plus maître de ses décisions. Bien sûr, il y avait eu ce stupide accident en forêt ; Jean avait glissé, s'était fait une entorse, et n'était pas arrivé à se relever. Bien sûr, il avait bien pris le portable que son fils lui avait acheté, mais il ne pensait jamais à le mettre en charge, aussi ça n'avait servi à rien. Heureusement, son chien, son brave Sam, était rentré et avait hurlé à la mort. Henri, le voisin s'était inquiété, et voyant le chien sans son maître, lui avait lancé : « Allez, va, va ! » et c'est ainsi que Jean avait été secouru. Le maître, fier de son chien, avait raconté la mésaventure à son fils. Ce dernier n'avait retenu de l'histoire que le drame qui aurait pu en découler si le voisin n'avait pas été là. Il n'avait eu de cesse de chercher une maison de retraite pour le vieil homme. Et c'est ainsi que Jean se retrouve dans ce qu'il appelle son mouroir. Bien sûr, le personnel n'est pas désagréable, mais il le traite comme un enfant ; or Jean a horreur de ça. Il a fait la guerre d'Algérie, il en est revenu meurtri, et malgré cela, il a trouvé la force de continuer à vivre et même de trouver la vie belle. Alors aujourd'hui, il est indigné qu'on puisse lui parler ainsi. Il s'est plaint à son fils, mais ce dernier lui a répondu vertement que ça allait bien comme ça, qu'il fallait qu'il arrête de s'apitoyer sur son sort. Alors, Jean s'est tu, et désormais quand on lui demande comment il va, il répond, « ça va ».

Chapitre 4

Julie

Julie a roulé d'une traite. Elle a tellement hâte de retourner dans la maison de sa grand-mère. Il est près de dix-sept heures quand elle voit enfin la propriété. Elle gare sa voiture, en descend, respire profondément, et pousse le vieux portail en bois qui résiste à peine, grinçant légèrement. Sur le pilier est encore accrochée la vieille boîte aux lettres que son grand-père avait fabriquée.

Parfaitement gravés, mais un peu usés par le temps, sont inscrits :
Julien et Hortense Jacquot
Elle caresse les lettres du bout des doigts, déjà nostalgique. Julie prend le petit chemin qui mène à la maison. De chaque côté, des herbes folles courent dans tous les sens. Ce paysage verdoyant lui fait du bien, elle n'en peut plus du gris des immeubles de Lyon. Elle avance lentement, attentive aux chants des oiseaux, respirant au passage la multitude de parfums qui s'échappe de l'ancienne roseraie. Les volets de la vieille maison sont clos, et c'est comme si même les pierres étaient en deuil. Elle s'assoit sur le vieux banc devant la maison, sous la glycine.

Comme il est difficile pour Julie de revenir ici et de n'avoir personne pour l'accueillir ! Un an qu'elle n'est pas venue, un an que sa mamie est partie... La jeune femme ferme les yeux, lui reviennent tant de souvenirs ; sa grand-mère taillant les rosiers, fière de montrer ses fleurs aux nombreux visiteurs qui ne manquaient pas soit de venir passer un moment chaleureux auprès du couple bienveillant, soit de chercher un conseil, un coup de main... Les grands-parents de Julie étaient appréciés de tout le monde. Ils étaient plein de bonté et avaient un éternel sourire sur le visage. Julie hume une rose, se rappelle que quelquefois Hortense en coupait une, délicatement, qu'elle déposait dans sa chambre, dans le magnifique soliflore qui lui venait de sa mère, Georgette, l'arrière-grand-mère de Julie. Des larmes, que le soleil brûlant de juillet essaie de sécher, coulent tout doucement sur le visage de la jeune femme. Elle a été tellement heureuse ici. Comment a-t-elle pu rester si longtemps sans revenir ? Une vie trépidante lui a fait oublier que les gens ne sont pas éternels, que si on les oublie, les personnes âgées s'éteignent tout doucement. Non, Julie n'est pas fière d'elle, elle aurait voulu remonter le temps, pouvoir dire à ses grands-parents qu'elle les aimait, les remercier de tout ce qu'ils avaient fait pour elle. Elle est venue si souvent en vacances dans cette belle nature, elle y a appris tant de choses et maintenant, elle souffre. Elle souffre de toutes ces années passées loin d'ici. Elle pense à la sépulture de sa grand-mère. Elle revoit cet homme qui pleurait ; elle ne l'avait jamais vu auparavant. Il s'était approché d'elle, et tout bas avait dit :

- Je vous présente toutes mes condoléances. J'aimais beaucoup votre grand-mère, vous savez. Elle va me manquer… C'était une femme tellement exceptionnelle, tellement attachante…

Julie, que les sanglots empêchaient de parler, n'avait pu que bafouiller un « merci ».

Après la sépulture, toute la famille, quelques amis et voisins s'étaient retrouvés chez Hortense, mais le jeune homme n'y était pas. Julie aurait aimé lui demander comment il connaissait sa grand-mère. Elle avait alors questionné les voisins qui lui avaient répondu que c'était sûrement le facteur.

Et effectivement, la jeune femme s'était souvenue qu'Hortense lui avait parlé de son facteur, du temps qu'il lui consacrait, elle se rappelait également comme sa grand-mère lui était reconnaissante de ses visites. Elle s'était dit qu'il fallait qu'elle le remercie de sa gentillesse, mais le temps était passé et elle avait oublié. Depuis, elle n'est pas revenue chez ses grands-parents. Personne, d'ailleurs, n'y était retourné depuis la sépulture.

Julie éprouve soudain une grande lassitude, elle ne se sent pas le courage d'entrer dans la maison aujourd'hui ; elle n'aurait pas pensé que ça serait si difficile de revenir ici, aussi se résigne-t-elle à aller jusqu'au bourg voir si elle peut trouver une chambre à louer pour la nuit. Il sera toujours temps demain de franchir la porte et de pénétrer dans cette maison vide. Elle va se reposer, et oui, elle en est sûre, après une bonne nuit de sommeil, tout sera plus facile.

Chapitre 5

Vincent

Julie gare sa voiture sur la petite place du village. Elle retrouve avec plaisir les quelques commerces de son enfance. Elle décide d'aller à la boulangerie-pâtisserie se prendre une petite douceur. Elle franchit la porte, sourit à la boulangère, madame Michot, qui reconnait aussitôt la jeune femme.

- Julie ! Comme je suis contente de te voir ! Que fais-tu dans le coin ? lui demande-t-elle gentiment, toujours un peu curieuse.

- Je suis venue pour les vacances dans la maison de mes grands-parents…

Les deux femmes papotent un moment puis Julie, après avoir choisi un éclair au chocolat, lui demande où il y aurait une chambre à louer dans le coin. Il y a si longtemps qu'elle n'est pas venue, elle n'est pas au courant des nouveaux commerces. Les dernières années, elle allait directement chez sa mamie sans passer par le bourg.

- Oui, il y a bien Vincent qui a acheté la grande maison des Lenoir et en a fait une maison d'hôte. Ça serait bien le diable qu'il n'y ait pas une chambre de libre !

- Je vous remercie, Madame Michot, je vais aller voir, bonne fin d'après-midi…

- Au revoir, mon petit, à bientôt.

Julie se dirige vers la maison que lui a indiquée la boulangère. D'aussi loin qu'elle se souvienne, c'était une bâtisse terne, aux volets écaillés souvent fermés. Or, elle la découvre toute pimpante et fleurie, on y a même créé une terrasse où tables et chaises sont comme une invitation à entrer. Un jeune homme, assis sur un rocking-chair, est plongé dans un livre, un chien endormi à ses pieds.

- Bonjour, Monsieur…

Levant les yeux, le propriétaire, un grand sourire aux lèvres, se lève, lui tend la main :

- Bonjour... Je m'appelle Vincent, bienvenue aux « clarines » ... Vous désirez une chambre ?

- Oui, si c'est possible... Moi, c'est Julie...

- Enchanté. Venez, entrez...

Précédée de Vincent, Julie pénètre dans la bâtisse. Elle découvre une belle pièce avec d'un côté, un bar, de l'autre des petits guéridons et au centre, une grande table. C'est joliment décoré dans un style campagnard. Quelques cloches de vache sont accrochées de-ci de-là. Vincent surprend le regard de Julie qui passe de l'une à l'autre, aussi il lui explique qu'il est allé dans les fermes des alentours, à la recherche de vieilles cloches qui ne servent plus. Il lui raconte avec humour comment se sont passées les entrevues avec les paysans, et il est ravi de voir se dessiner sur le visage de la jeune femme un grand sourire. Tout de suite, entre les deux jeunes gens, le courant passe. C'est un peu comme deux amis qui se retrouveraient après une longue absence.

Vincent commence à remplir la fiche de renseignements, marque un temps d'arrêt quand Julie lui donne son nom de famille :

- Jacquot ? Mais oui, je vous reconnais, je vous ai vue à la sépulture de madame Jacquot.

Vous êtes sa petite-fille, n'est-ce pas ?
- Oui…
- Votre grand-mère était très gentille, je l'aimais beaucoup. Elle venait de temps à autre, boire un thé le dimanche quand elle se sentait trop seule, et nous discutions un peu…
- Oui, je sais. Croyez bien que je regrette d'avoir passé si peu de temps avec elle, répond Julie, baissant les yeux pour cacher les larmes qui trahissent son chagrin.
- Pardon, je ne voulais pas vous faire de la peine… Je sais comme le temps passe vite si l'on n'y prend garde…
Il pose doucement sa main sur celle de la jeune femme et ajoute :

- Vous savez, elle m'a dit avoir eu une belle vie…

- Vous êtes gentil… murmure Julie en retirant sa main.

- Venez, je vais vous montrer votre chambre…

La jeune femme le suit à l'étage, admirant au passage les belles photos en noir et blanc. Vincent s'arrête devant l'une d'elles et lui demande si elle la reconnait.

- Mais oui ! C'est mon grand-père qui est de dos… Il donnait à manger à ses poules. Mon père faisait de la photo noir et blanc à cette époque, et il lui avait fait agrandir celle-ci. Je me souviens que papa avait été outré, car Papy voulait l'accrocher dans son poulailler ! Quel beau souvenir ! On avait tellement ri… Papy avait dit : « et alors, elles n'ont pas le droit d'avoir une photo d'elles, mes poules ? » Et la photo avait fini dans le poulailler…

Julie, les yeux embués de larmes, s'excuse :

- Pardonnez-moi, je vous ennuie avec mes histoires…

- Pas du tout, votre grand-mère aussi me racontait ses souvenirs, et ça me passionnait… D'ailleurs, elle m'avait conté cette anecdote quand elle m'avait fait cadeau de cette photo…

- Elle devait beaucoup vous aimer pour vous l'avoir donnée…

- Nous nous entendions très bien… Mais vous voulez peut-être la récupérer ?

- Non, c'est gentil, mais elle est à vous. Mamie devait avoir de bonnes raisons pour vous en avoir fait cadeau…

Vincent hoche la tête et se dirige vers la chambre. Après quelques explications, il la laisse s'installer et retourne à son livre.

Chapitre 6

Moi, Stéphane

J'ai passé des semaines difficiles à la suite de la sépulture de madame Jacquot. Bien sûr, j'ai déjà été confronté quelquefois aux décès des gens que je desservais, mais je m'étais particulièrement attaché à cette vieille dame qui avait partagé tant de ses souvenirs avec moi. Et chaque matin, passer devant sa maison, me serre le cœur. Personne n'est revenu dans cette bâtisse et cet état d'abandon me rend triste. Je me dis « Madame

Jacquot n'aurait pas aimé ça ». L'été est de retour, et seul le soleil ose pénétrer dans la propriété. La roseraie dont elle était si fière, part à l'abandon. Qu'est-ce qu'ils attendent, les enfants et petits-enfants, pour venir ouvrir les volets, pour redonner vie à cette maison ? Est-il possible d'oublier, ainsi, un lieu où la famille a tant de souvenirs ? Je suis anéanti par tant de détachement. Moi, l'enfant du divorce, celui dont personne ne voulait, j'aurais tellement voulu avoir au moins une grand-mère comme madame Jacquot. J'aurais investi sa maison pour vivre parmi mes souvenirs, car en guise de souvenirs, moi, je n'ai que celui de mes parents qui se cherchaient des excuses pour ne pas me prendre en charge, et pour finalement, me mettre au pensionnat. Savent-ils, les enfants de Madame Jacquot, le bonheur qu'ils ont eu de trouver tant d'amour en ce lieu ? Et Julie, qui avait la préférence de sa grand-mère, connaissait-elle sa chance ? Moi qui n'ai été le préféré de personne… Et pourtant, à la sépulture de Madame Jacquot, j'ai lu tant de chagrin sur les visages… Dans les magnifiques yeux bleus de Julie, il y avait tellement de larmes et son corps frêle secoué de sanglots, tout ça, je l'ai bien vu. Alors, je ne comprends pas. Comment la douleur peut-elle s'en aller si vite ? Comment l'oubli peut-il gagner ainsi les gens ?

Je reprends ma tournée, le cœur serré. Je ne suis pas pressé, personne ne m'attend chez moi. Je vis en appartement à Chambéry et préfère m'attarder dans cette belle campagne. Je m'y arrête pour dévorer un sandwich. Quand je passais chez Madame Jacquot, elle me faisait de si bons gâteaux que je n'avais pas d'appétit avant mon retour chez moi, vers quatorze heures trente. Je ferme les yeux pour éviter les larmes, la vie est tellement injuste. Je me sens si seul. C'est quand les gens ne sont plus là que l'on s'aperçoit qu'ils nous manquent… Le cœur lourd, je me dis qu'il faut que j'arrive à faire le deuil de Madame Jacquot. Je n'ai pas encore eu le courage de lire le gros cahier que j'ai pris le jour de son décès. J'ai culpabilisé longtemps de l'avoir emporté et puis, finalement, je me suis dit que personne n'est revenu à la maison de Madame Jacquot, et que par conséquent, sa famille ne le méritait pas. Je considère ce cahier comme un dernier cadeau que Madame Jacquot m'aurait fait. Ne l'avait-elle pas pris pour me le montrer ou tout au moins, m'en parler ? N'était-ce pas moi qu'elle attendait, quand son cœur s'est arrêté de battre et qu'elle serrait ce cahier contre elle ?

Chapitre 7

Moi, Julie

Après une bonne nuit, je me dis qu'il est temps d'aller chez ma grand-mère ouvrir la maison. Je descends dans la salle principale du gîte pour le petit-déjeuner. De grands bols rouges sont disposés autour de la table, et au centre, toutes sortes de bonnes choses ; café, chocolat, thé, pains, biscottes, brioches, beurre, confiture, yaourts, céréales... Mise en appétit par les bonnes odeurs qui s'en échappent, je m'installe, bientôt rejointe par

Vincent. Il s'enquiert de ma nuit et nous conversons agréablement. Nous sommes seuls, les autres pensionnaires doivent encore dormir. Mon hôte me demande ce que je vais faire de ma journée. Je lui explique que la veille, je n'ai pas eu le cran d'entrer seule dans la maison de ma grand-mère, mais qu'aujourd'hui il va falloir que je trouve le courage.

- Voulez-vous que je vous accompagne ? propose gentiment Vincent.
- Vous feriez ça ?
- Bien sûr, ma sœur ne devrait pas tarder, elle travaille avec moi. Elle s'occupe des chambres et des repas, ainsi, vous voyez, je peux m'absenter sans souci…

- C'est vraiment gentil…
- Ce n'est rien, ça me fait plaisir. Je règle deux ou trois petites choses et on se retrouve ici dans une demi-heure ?

Je le remercie et, soulagée de ne pas avoir à affronter cette épreuve seule, je regagne ma chambre.

Une demi-heure plus tard, nous nous retrouvons dans la salle, Vincent me présente sa sœur, Lara. Elle lui ressemble beaucoup physiquement, mais semble plus extravertie. Lui me parait plus posé, plus réfléchi. C'est un homme avenant, sans être exubérant.

En moins d'un quart d'heure, nous arrivons chez ma grand-mère. Nous franchissons le portail, et nous voilà déjà devant la porte d'entrée. Je

sors lentement les clefs de mon sac et les tends à Vincent. Sans un mot, il les met dans la serrure, ouvre la porte et se dirige dans l'obscurité pour ouvrir les volets. Comme je suis soulagée qu'il soit là ! Je pénètre d'un pas hésitant dans la vieille maison. Mon cœur se serre, je ferme un instant les yeux. Je m'attends presque à entendre ma grand-mère appeler : « C'est toi, Julie ? » Les larmes me montent aux yeux et je sens la main chaude de Vincent sur mon épaule.
- Ça va aller, Julie...
Je voudrais lui dire que je me sens orpheline, qu'il n'y avait qu'elle qui savait me réconforter quand ça n'allait pas, mais je garde toute cette détresse pour moi. J'inspire

un grand coup et poursuis ma visite.

Rien n'a changé, et pourtant plus rien n'est pareil, il manque Mamie. Mamie qui vaque à ses occupations. Mamie, toujours souriante, toujours accueillante.

Mamie, toujours réconfortante, toujours douce. Mamie, qui m'a donné tant d'amour. Mamie qui a toujours été là, pour moi.

Cette maison, sans elle, c'est insupportable.

Je bredouille :

- Je crois que c'est suffisant pour aujourd'hui…

- Excusez-moi, Julie, mais je pense que vous devriez essayer de rester encore un peu…

- C'est si dur, Vincent... Vous ne pouvez pas savoir...
- Bien sûr que je sais, Julie... J'ai perdu mes parents... Et si vous m'autorisez à vous donner un conseil, persistez... Ne pensez pas au fait que vous ne reverrez plus votre grand-mère, mais essayez de visualiser tous les bons moments que vous avez eus avec elle, dans cette maison... Regardez cet endroit comme un lieu plein de bonheur, donnez-vous la chance de poursuivre une vie heureuse ici.
C'est sûrement ce qu'aurait souhaité votre mamie... Les grands-parents ont toujours à cœur de fabriquer des souvenirs à leurs petits-enfants afin qu'ils ne les oublient pas, qu'ils pensent à eux

avec le sourire, même si c'est aussi avec un soupçon de nostalgie. Souriez en pensant aux nombreuses fois où votre grand-mère vous a accueillie avec un bon repas. Gardez dans votre cœur son doux visage, et chassez votre manque d'elle…

Je regarde ce jeune homme plein de sagesse ; il a raison, tellement raison.

- Merci, Vincent, merci pour ces paroles…

Un sourire timide se dessine sur son visage et il me redit :

- Ça va aller…

Oui, ça va aller parce que d'un coup je me sens beaucoup moins seule…

Chapitre 8

Moi, Vincent

Je regarde ce petit bout de femme tourmentée, avec ses grands yeux bleus, tout tremblants de larmes. Je voudrais pouvoir réchauffer son cœur, lui dire que
je comprends tellement sa souffrance… Mais qui suis-je pour elle ? Un inconnu. Et pourtant, j'ai l'impression de vraiment la connaître, entre ses confidences et celles de sa grand-mère.
J'arrive à la convaincre d'aller à l'étage. Je lui prends la main et

nous montons l'escalier. Arrivés au premier, je pousse une porte, et vais ouvrir les volets. Le soleil ne se fait pas prier pour prendre possession de la pièce et Julie murmure :

- C'était ma chambre…

Je regarde plus attentivement autour de moi. Les murs sont recouverts de posters. Dans un coin, il y a une étagère avec des livres soigneusement rangés. Je m'approche, et découvre, *le Club des cinq*, *Poly* , *Fantômette* …

- Vous aimiez lire, lorsque vous étiez petite ?

- Oui, avec Mamie, nous allions faire des brocantes et elle m'achetait des livres de petite fille… J'aime encore beaucoup lire… Ma grand-mère m'a transmis sa passion pour la lecture… Mais vous aussi, vous lisez ? Hier, quand je suis arrivée, vous aviez l'air captivé par votre livre…

- Oui, tout à fait, les romans me sont une agréable compagnie. Ils comblent un peu ma solitude…

Puis nous parlons littérature, oubliant totalement où nous sommes, complètement happés par notre passion commune. Lui expliquant comment j'avais découvert Antoine de Saint Exupéry, non pas avec « Le petit prince », comme beaucoup d'enfants, mais avec « Vol de nuit » que j'avais étudié à l'école, elle me dit : venez ! Et m'entraîne dans une chambre que j'imagine être celle de ses grands-parents, se dirige vers une immense bibliothèque et, sans aucune hésitation, en sort le fameux livre.

- Regardez, moi aussi je l'ai lu… Mamie a tous ses livres…

Et là, je découvre tous les romans de mon écrivain préféré.

- Savez-vous que « le petit prince » est l'ouvrage de littérature le plus vendu dans le monde après la bible ? me demande Julie.

- Comment une si jeune femme sait-elle ce genre de chose ? demandé-je, pour la taquiner.

Avec un grand sourire et très fière d'elle, elle me répond :

- Quand j'étais au lycée, j'ai fait un exposé sur cet écrivain. Je peux même vous dire que son roman s'est vendu à plus de 145 millions d'exemplaires !

- Félicitations ! Mais quelle mémoire, je suis vraiment impressionné…

Nous discutons encore un peu de nos lectures puis je suggère à Julie de continuer notre visite. Mais de pièce en pièce, la nostalgie la regagne.

- Voilà, dit Julie tristement, on a fait le tour…

- Et la roseraie, on peut aller visiter la roseraie ? demandé-je, plein d'envie de revoir ce magnifique lieu qu'Hortense m'avait fait découvrir.

- Si vous voulez… Allons-y…

Immédiatement, un afflux de parfums, plus agréables les uns que les autres m'imprègne et là, d'un coup, Julie s'effondre en pleurant. Je la prends dans mes bras et lui dit doucement :

- Ne pleurez pas, il ne faut pas être triste. Vous avez eu tellement de chance. Regardez tout ce qu'elle vous a laissé : toutes ces roses dont le parfum vous rappelle qu'elle y a mis tout son cœur, et sûrement d'innombrables souvenirs… N'est-ce pas merveilleux de pouvoir se rappeler tous ces moments que vous avez partagés ? Combien de personnes sont passées à côté de gens qu'elles aimaient sans rien échanger ? Julie, vous avez le choix entre vous laisser gagner par le chagrin ou vous laisser habiter par tous vos beaux souvenirs communs. À vous de choisir…

- Ce n'est pas si facile…
- Je sais, mais vous allez y arriver, tout doucement, au fil des jours, faites-vous confiance… Je la lâche doucement, et ajoute pour la distraire un peu, savez-vous qu'une légende dit que Cléopâtre et Marc Antoine vécurent leur première nuit d'amour sur un lit de pétales de roses de quarante-cinq centimètres d'épaisseur ?
- Vous en êtes sûr ?
- Mais oui ! Vous ne me croyez pas ?

Le sourire revient sur le visage de Julie, elle répond :
- Si, je vous taquine…

Je lui rends son sourire et lui propose de rentrer au gîte. Elle acquiesce et nous regagnons le village.

Chapitre 9

Moi, Jean

Je vois le jour pointer à travers les persiennes. Je n'ai pas envie de me lever. À quoi bon ? Je n'ai plus mon vieux Sam qui m'attend pour aller ouvrir mon poulailler.

Comment ai-je pu laisser mon fils me mettre là, abandonner mon chien, mes poules et mes lapins ? Henri, mon voisin a répondu « bien sûr, bien sûr… » quand Philippe lui a demandé s'il aurait la gentillesse de récupérer mes animaux. Mais j'ai bien vu dans son regard que je faisais une bêtise en acceptant la décision de mon fils. J'aurais dû remettre Philippe à sa place, lui dire que je préférais vivre avec moins de confort, mais chez moi, heureux au milieu de mes animaux, entouré de mes amis. Au lieu de ça, je l'ai laissé prendre des décisions, afin d'éviter d'être un souci pour lui, et maintenant je ne sais plus quoi faire de moi. Ce matin, je pense à tout ça et je sens ma vision se brouiller. Je n'ai pas pleuré depuis le jour où j'ai perdu ma femme, il y a maintenant six ans. Mais aujourd'hui, il me semble que c'est ma propre vie que je perds. Cette vie ne m'intéresse plus, elle ne m'apporte plus rien. J'en suis là de mes réflexions quand j'entends frapper. Je sèche rapidement mes yeux et bredouille un « entrez ». Mon moral remonte d'un coup quand je vois entrer mon petit-fils Nicolas. Je ne devrais pas dire ça, mais il est mon préféré, parmi mes petits-enfants. Outre sa ressemblance physique avec moi, et notamment ses yeux bleus, c'est un enfant très sensible, intelligent, et doté d'une grande gentillesse. Une belle complicité nous unit. Immanquablement, il remarque que je ne vais pas fort et, avec cette franchise qui caractérise la jeunesse d'aujourd'hui, il me lance :

- Salut, Papy, mais qu'est-ce que tu fais ici, ce genre de maison, ce n'est pas pour toi…

- C'est ton père…

- M'enfin, Papy ! C'est ta vie, tu en fais ce que tu veux !

- Ce n'est pas si simple, Nico… répondé-je, la voix enrayée.

Nicolas se rend compte que je n'ai pas le cœur à en parler aujourd'hui, aussi enchaîne-t-il :

- Il y a de jolies mamies au moins, ici ?

Je souris.

- Oh, je n'ai plus l'âge pour la bagatelle, tu sais…

- Je suis sûr que quand tu étais jeune, tu étais un « tombeur » ! enchaîne Nico avec un large sourire.

J'éclate de rire. Ce môme a le don pour me remonter le moral… Il poursuit :

- Allez, Papy, raconte… Tu as bien dû avoir un amour de jeunesse… Il n'y a pas eu que mamie ?

- Oui, effectivement, j'ai connu un grand amour, avant ta grand-mère…
- Raconte-moi, Papy…
- Je n'en ai jamais parlé à personne…

Hortense… Je n'ai rien oublié… Ni son sourire, ni sa voix, rien.

Chapitre 10

Été 1956

Aujourd'hui, il y a la vogue au village voisin. Jean et ses copains enfourchent leurs vélos et c'est dans la bonne humeur qu'ils s'élancent dans la rue, comme une volée de moineaux. À peine essoufflés, tant ils sont habitués à se déplacer à bicyclette, ils arrivent à la fête foraine et aussitôt l'odeur sucrée et un peu écœurante de la barbe à papa les saisit. C'est sur un air d'accordéon que les jeunes hommes se précipitent vers les auto-tamponneuses, afin de profiter au maximum de leur après-midi de détente. Ils ont une vingtaine d'années, et avec l'insouciance de leur âge, ils rient et parlent fort, dans l'intention secrète d'attirer le regard des jeunes filles qui se promènent par petits groupes… Soudain, Jean se tait. Son regard s'est arrêté sur l'une d'elles. Il la trouve singulière. Outre sa beauté, c'est sa bouche qui interpelle Jean. Elle a des lèvres charnues et une moue boudeuse qui le captive. Il sent son cœur s'emballer. Cette fille, il le sent, il le sait, elle va être importante dans sa vie. Il ne peut en être autrement. Tout en l'approchant, il l'observe. Elle a de magnifiques yeux vert émeraude, des cheveux bruns qui tombent en cascade sur ses épaules, et la taille fine. D'un regard légèrement arrogant, elle fixe Jean sans sourciller. Des yeux bleus comme les siens, elle n'en a jamais vu. Très clairs, bordés d'indigo. Elle aussi, elle sait. Cet homme sera le sien.

- Bonjour, je m'appelle Jean…
- Bonjour… Hortense…

C'est ainsi que commence leur histoire.

Chaque week-end, sous les yeux bienveillants de Thérèse, la meilleure amie d'Hortense, les deux jeunes gens se retrouvent. Puis un dimanche, lors d'un bal, Jean ose poser ses lèvres sur celles si douces d'Hortense… Et c'est ainsi que leur histoire devient une histoire d'amour…

Les semaines passent, puis les mois, et déjà Noël est là. Puis, trop vite, le 3 janvier 1957 arrive, et avec lui le départ à l'armée pour beaucoup de jeunes de vingt ans. Jean en fait partie, et c'est le cœur serré que le couple se dit au revoir. Les permissions étant facilement supprimées, Jean arrive quand même à sortir illégalement du quartier avec la complicité d'un caporal-chef. Ils prennent le train ensemble, lui descend à Chambéry, tandis que son supérieur va jusqu'à Annecy. Ainsi, Hortense et Jean arrivent à se retrouver un peu. Puis, au bout de quatre mois de classe, toute la 27 ème Division de l'Infanterie Alpine est rassemblée à Grenoble. C'est la guerre en Algérie, et tous les chasseurs alpins doivent s'y rendre. Jean et ses copains n'ont pas peur, ils en sont persuadés, c'est une histoire de six mois, et puis ils reviendront, fiers et vainqueurs, le sourire aux lèvres.

Jean promet à Hortense qu'à son retour il l'épousera. Alors, ce soir-là, le dernier avant le départ à la guerre, ils s'aiment. Hortense devient femme dans les bras de son bel amoureux aux yeux bleus…

Le soleil du mois de mai voit partir le Kairouan, bateau à la coque blanche, avec à son bord tous ces jeunes hommes, certains abattus de laisser leur famille, d'autres enthousiastes à l'idée de découvrir un nouveau pays. Mais nul n'imagine l'enfer vers lequel ils se dirigent...

Chapitre 11

Été 1957, en Algérie

Là-bas, pour les jeunes soldats, rien n'est comme ils l'avaient imaginé. Ils vivent dans un camp, en zone interdite, avec la peur au ventre des attentats perpétrés par le FLN. Pour leur protection, le camp est encerclé par deux rangées de barbelés, eux-mêmes enserrant un champ de mines.
L'attente du courrier avec cet avion qui plonge sur le camp, c'est une vraie lumière dans la grisaille des

jours. Et quand la radio annonce la venue du Piper, tous se précipitent les yeux levés vers le ciel. Quelquefois, le Piper lâche le sac de courrier trop près des barbelés, il éclate et certaines lettres vont s'échouer dans le champ de mines. Alors, chacun se demande à qui sont adressées ces lettres perdues. Jean a déjà écrit plusieurs fois à Hortense, mais cette dernière ne lui a pas répondu. Aussi, quand le jeune homme voit ses camarades ouvrir leur courrier, il doute. Il a cru en l'amour d'Hortense, elle s'est donnée à lui, comment a-t-elle pu le rayer de sa vie ?

Été 1957, à Chambéry

Les jours, les semaines passent, et Hortense n'a aucune nouvelle de Jean. Le soir, en rentrant du travail, elle se précipite à la maison. Mais, à chaque fois, c'est la déception, le courrier est posé sur la table de la cuisine, mais aucune lettre de Jean. Elle a été séduite par son beau regard océan, et maintenant elle se sent perdue. La jeune femme ne connait pas les parents du jeune homme, aussi n'ose-t-elle pas aller les voir pour leur demander s'ils ont des nouvelles de leur fils. Hortense n'a pas eu ses règles depuis deux mois, et tremble à l'idée d'être enceinte. Elle craint d'en parler à ses parents, ils seraient furieux. Thérèse, sa meilleure amie, est la seule à qui elle a confié son inquiétude. Cette dernière n'en a parlé à personne, si ce n'est à son frère Julien avec qui elle est très proche. Le jeune homme n'est pas parti en Algérie, il est soutien de famille, leur père a été tué à la guerre de 39-45.

*

Angèle est pensive, ont-ils eu raison avec Rémy, de brûler les lettres que ce jeune soldat a envoyées à leur fille ? Elle n'en est plus si sûre, mais son mari a été formel, il ne veut pas qu'Hortense s'engage avec un homme, elle est bien trop jeune ! En réalité, Angèle est persuadée que la raison est tout autre : Rémy aimerait que sa fille épouse Julien, le fils de son meilleur ami, mort à la guerre. Les deux hommes étaient comme deux frères, et Rémy ne s'est jamais remis du décès de son ami.

*

Sous le soleil brûlant d'août, Julien marche à grandes enjambées, au milieu des hautes herbes, sa canne à pêche à la main, rien ne semble l'arrêter. Ses pensées vagabondent, il est en colère, et en même temps, tellement triste et déçu.

Julien n'en a rien montré à sa sœur, il a su garder son sang-froid, mais tout son être s'indigne. Comment Hortense a-t-elle pu se donner à Jean, et comment ce dernier a-t-il pu l'oublier ? Julien a toujours aimé Hortense, mais elle ne voit en lui qu'un grand frère. Fatigué par la chaleur et la rapidité de sa marche, le jeune homme s'arrête enfin au bord de la rivière. Il s'assied sur une grosse pierre, prépare sa ligne, et la met à l'eau. Il reste ainsi une bonne heure puis, un peu calmé, il redescend tout doucement en direction du village. Soudain, il lui semble entendre des sanglots. Il s'arrête et tend l'oreille. Oui, ce sont bien des pleurs. Julien s'approche et découvre Hortense assise contre un arbre, sanglotant entre ses mains.

- Hortense ?

La jeune femme sursaute, s'essuie énergiquement les yeux.

- Qu'est-ce qui te rend si triste ? demande doucement Julien en s'agenouillant près d'elle, et comme Hortense ne lui répond toujours pas, il ajoute :
- C'est à cause de Jean ?

Elle acquiesce et, entre deux pleurs, murmure :

- S'il n'y avait que ça...
- Tu es enceinte ?

De l'entendre de la bouche d'un tiers, les larmes de la jeune femme affluent de nouveau.

Julien l'enlace.

- Ne pleure pas, Hortense, je t'aime, moi...

Et, sans réfléchir davantage, il poursuit :

- Épouse-moi, et j'aimerai ton enfant comme s'il était le mien. Je te promets de vous chérir, toi et le bébé, toute ma vie...

- Mais je t'aime seulement comme un ami, Julien...
- C'est déjà ça, c'est un bon début, lui répond-il avec un pauvre sourire. J'ai de l'amour pour deux... tu verras, je te rendrai heureuse. Laisse-moi aller demander ta main à ton père, et marions-nous très vite. Je te donnerai tellement d'amour que tu en oublieras Jean.

Hortense pose sa tête sur l'épaule de Julien. Il est tellement bienveillant, bien sûr qu'elle sera heureuse avec lui, elle le sait. Le jeune homme lui parle encore et encore, et Hortense accepte la proposition de son ami. Un timide sourire s'invite sur le visage de la jeune femme, et Julien sait à cet instant ce que veut dire être ivre de bonheur, tant la tête lui tourne. Il ressent une si grande joie de savoir qu'Hortense accepte de devenir sa femme. Il ne sait pas si c'est la chaleur, la proximité de la jeune femme ou la promesse de toute une vie près d'elle, mais son cœur bat la chamade.

Chapitre 12

Juin 1958

Jean, parmi d'autres jeunes soldats comme lui, arrive à Marseille, pour une permission de quinze jours. Enfin. Après treize mois en Algérie, il n'a qu'une hâte, retrouver sa famille et surtout Hortense. Il a tant de choses à lui dire, à lui demander. Il espère profondément que, malgré son silence, tout ne soit pas fini entre eux. Dans le train qui le ramène à Chambéry, il se pose tant de questions. Il a hâte d'être dans le car qui le ramènera chez ses parents, à La Motte-Servolex.

Jean se retrouve enfin devant chez lui, et une grande émotion le gagne. Il marque un temps d'arrêt. Il se sent si différent du jeune homme insouciant qui est parti à la guerre, il y a à peine plus d'un an. Il a l'impression que plusieurs années se sont passées.

Mue par une sorte d'intuition, sa mère regarde par la fenêtre, pousse un cri de joie en apercevant son fils. Ils se précipitent dans les bras l'un de l'autre. Le temps leur a paru si long ! Sa mère prend le visage fatigué de son fils entre ses mains et l'observe. C'est un homme maintenant. Ses traits sont tirés. Ses yeux cernés accusent les nuits sans sommeil, à monter la garde. Jean a tant de choses à raconter, il passe la soirée avec les siens devant le bon repas que lui a préparé sa mère. Son père l'écoute, respectueux du soldat qu'il est.

Après une bonne nuit, le jeune homme enfourche son vélo et file du côté de Chambéry pour essayer de voir Hortense avant qu'elle ne commence son travail. Arrivé devant l'usine de chaussures Bailly, il appuie son vélo contre le muret, et attend patiemment l'heure d'arrivée des employés. Il est six heures quarante-cinq, la jeune femme ne devrait plus tarder. Soudain, Jean aperçoit Thérèse. Il l'appelle en lui faisant signe de la main. Pourquoi a-t-il l'impression qu'elle n'est pas contente de le voir ? Pourtant il s'est toujours bien entendu avec elle quand il allait danser le dimanche, avec Hortense. Arrivée près de lui, elle lui demande sèchement ce qu'il fait là. Étonné, il lui répond :

- Je suis en permission et je voulais voir Hortense. Je n'ai eu aucune nouvelle d'elle depuis mon départ...
- Pour avoir des nouvelles, il aurait peut-être fallu que tu lui écrives...
- Mais, J'AI écrit, et jamais je n'ai eu de réponse !

Le jeune homme a l'air sincère, que s'est-il passé ?

- Viens, allons boire un café et expliquons-nous... proposa Thérèse.
- Mais, je voulais attendre Hortense...

- Elle ne travaille plus ici… Allez, viens...

Inquiet, il la suit au café d'à côté.

- Alors, comme ça, tu as écrit à Hortense ?

- Mais oui, bien sûr, pourquoi me demandes-tu ça ? Mais, elle ne m'a jamais répondu. Tu n'imagines même pas l'enfer que j'ai vécu là-bas, mais ce n'est rien par rapport aux mille questions que je me suis posées sur son silence.

- Mon Dieu, comment est-ce possible ?

Thérèse se demande ce qu'elle peut dévoiler à Jean. Hortense est mariée à son frère Julien, ils ont un beau bébé, et aux yeux de tous, c'est l'enfant de Julien. Elle n'a pas le droit de briser le bonheur de cette famille en dévoilant leur secret, et en même temps, peut-elle cacher la vérité à Jean ?

*

Les quinze jours de permission sont passés très vite et Jean est déjà dans le train du retour vers Marseille.
Tout espoir est désormais perdu. Le jeune homme a bien compris qu'Hortense avait ardemment attendu une lettre de lui et que, devant l'absence de courrier avait cherché l'oubli dans les bras de Julien. Mais où étaient donc passées ses lettres ? Une lettre peut s'égarer, mais huit, c'est impossible. D'autant que ses

parents avaient bien reçu toute la correspondance qu'il avait envoyée. Jean n'a pas eu le courage d'aller rendre visite à Hortense. De la voir avec son mari et son bébé, est au-dessus de ses forces.

Et maintenant, seul avec ses tourments et ses questions, il retourne en Algérie.

Puis les jours passent, les mois, et enfin, en avril 1959, c'est la fin de la guerre pour Jean. Il revient chez lui, le cœur meurtri par tout ce qu'il a vu et vécu. Il n'est plus le même homme. Il décide de quitter la Savoie, il veut oublier Hortense. Jean trouve du travail à Vénissieux, dans la fabrique de camions Berliet. Le temps passe, puis un soir, en sortant avec ses nouveaux copains dans Lyon, il rencontre Janine, jeune serveuse dans un restaurant. Elle est belle, elle est gaie, elle lui plait. Janine, quant à elle, est immédiatement séduite par les doux yeux bleus de Jean. Un an plus tard, ils s'unissent devant Dieu. Jean cache dans un coin de son cœur son premier amour, et continue tranquillement sa vie. Il n'entendra plus parler d'Hortense.

Bien des années plus tard, pressentant qu'il allait mourir, Rémy confie à sa fille Hortense avoir brûlé les lettres de Jean. Il a compris, un peu tard, que Pierre est le fils de Jean et que c'est parce qu'elle était enceinte, qu'elle a accepté d'épouser Julien.

- Pourras-tu me pardonner ma fille ? implore-t-il.

Ainsi, Jean avait bien écrit. Même si cela ne change rien à sa vie, elle est soulagée d'apprendre qu'elle ne s'était pas trompée sur son amour de jeunesse. Hortense s'empresse d'en parler à son mari et à Thérèse. Celle-ci lui parle de sa rencontre avec le jeune homme lors de sa permission. À son tour, elle demande pardon à sa belle-sœur.

- J'ai voulu bien faire. Jean m'a juré qu'il t'avait écrit, mais c'était trop tard, vous étiez déjà une famille, tous les trois… Si tu savais comme ça m'a torturée d'avoir à prendre la décision de ne pas parler du bébé à Jean, et de ne pas te dire à toi, qu'il avait écrit.

Julien demande à sa femme ce qu'elle compte faire.

- Rien, le passé est le passé. Tu t'es occupé de Pierre comme s'il était ton fils. J'ai appris à t'aimer et je suis heureuse avec toi...

- Je t'aime tant... murmure Julien, en l'enlaçant.

- Moi aussi...

Hortense ne parla plus de Jean, elle pardonna à son père et à Thérèse, simplement, sur son journal intime, elle nota :

Aujourd'hui, dimanche 8 juillet 1990, papa m'a avoué avoir brûlé les lettres que Jean m'avait envoyées d'Algérie. Il m'a expliqué ses raisons, mais quelles qu'elles soient, a-t-on le droit de s'approprier la vie des autres ainsi ? Peut-il seulement imaginer combien j'ai pleuré à cause de son acte ? Je n'ai pas de regret, cependant il a changé le cours de ma vie, et il a privé Pierre de son vrai père, et Jean de son fils. Qu'a dû penser Jean en rentrant d'Algérie, me trouvant mariée, avec un enfant ? Je n'ose l'imaginer…

Chapitre 13

Nicolas

Jean a raconté son histoire à Nicolas qui l'a écouté attentivement. Le jeune garçon est touché de voir à quel point son grand-père est ému. Aussi, une idée germe dans sa tête d'adolescent. Il va retrouver le grand amour de Papy Jean. Il lui pose quelques questions subtiles afin de situer dans quelle région il faut qu'il oriente ses recherches. Jean éprouve une grande lassitude. Il tombe dans le silence ; se remémorer toutes ses jeunes années l'ont fatigué. Sa vie fut belle, mais il lui reste un grand regret, n'avoir jamais pu s'expliquer avec Hortense. Nicolas, qui a hâte de se pencher sur son ordinateur en quête de renseignements, l'embrasse en lui promettant de revenir très vite.

Le jeune garçon n'en revient pas de ce que lui a raconté son grand-père. Comment a-t-il pu continuer à vivre, sans savoir vraiment ce qu'il s'était passé ? Certes, Hortense n'a pas reçu ses lettres, mais pourquoi cette hâte à en épouser un autre ?

Il veut savoir. Il ne sait pas pourquoi, mais il en a besoin, il ne pense plus qu'à ça. Quelque chose n'est pas clair dans cette histoire, oui, mais quoi ?

Au bout de quelques heures et quelques clics, Nicolas retrouve l'adresse d'Hortense Jacquot. Le jeune garçon va convaincre Papy Jean de reprendre contact avec Hortense. La guerre d'Algérie a volé l'histoire d'amour de son grand-père et lui, Nicolas, va la lui rendre.

Il en faut des mots pour encourager Jean à reprendre contact avec Hortense. Nicolas ne recule devant rien. Le grand-père a toujours une objection, mais son petit-fils, encore plus têtu que ce dernier, a réponse à tout. Finalement, sentant que Jean a besoin d'un peu de temps pour que l'idée fasse son chemin, il laisse son aïeul se reposer et s'en va.

Chapitre 14

Moi, Jean

Je me retrouve devant une feuille de papier, un stylo à la main, assis à ma table, me demandant dans quel pétrin je suis en train de me mettre. Nicolas n'a eu de cesse que j'écrive à Hortense. Aurait-il raison ce gamin, quand il me dit qu'il y a sûrement une explication pour qu'elle ait épousé un autre homme, seulement quelques mois après mon départ en Algérie ? Depuis, les questions tournent dans ma tête, je ne pense plus qu'à cela. Voilà pourquoi, à plus de quatre-vingts ans, je suis comme un adolescent, attablé devant une feuille vierge.

Hortense... Dieu m'est témoin que je l'ai aimée comme un fou ! Mon cœur s'emballe rien que de penser à elle.
Qu'est-elle devenue ? Qu'aurait été ma vie, à ses côtés ?
Je me rappelle une jeune femme chaleureuse, enthousiaste, radieuse et tellement belle. Et lorsque nous dansions, elle était si légère entre mes bras... Et son rire, mon Dieu, son rire, il me faisait fondre ! Tout me plaisait en elle. Nicolas a tellement raison, comment ai-je fait pour tourner la page et n'avoir pas essayé de comprendre son attitude.

Ma vie en aurait-elle été changée ? Bien sûr, j'ai été heureux avec Janine, c'était une femme attentionnée, mais ce ne fut pas la passion, comme avec Hortense. Je l'ai aimée d'un amour tranquille. Elle me disait toujours : « tu m'aimes doucement ». Ça me faisait sourire, je n'y faisais pas plus attention que ça. Maintenant qu'elle n'est plus là, je culpabilise un peu. Lui ai-je donné assez d'amour ?

Mes pensées reviennent à Hortense. L'imaginer avec des cheveux blancs me fait sourire… Oui, je vais lui écrire. Il faut que je sache. J'en ai besoin.

Puis, d'un coup, les mots viennent tout seuls.

Chapitre 15

Moi, Stéphane

Comme chaque jour, je passe devant chez Madame Jacquot. Tout naturellement, mes yeux se posent sur la maison, mais là, surprise ! les volets sont grands ouverts. Je pile, me gare et sors voir si j'aperçois quelqu'un. Effectivement, une jeune femme est en train de désherber, accroupie dans l'allée. Il me semble reconnaître Julie, la préférée des petits-enfants de Madame Jacquot. Elle parait perdue dans ses pensées. Je m'approche et devant son manque de réaction, essaie doucement d'attirer son attention en toussotant, afin de ne pas l'effrayer. Elle sursaute malgré tout, se redresse brusquement :

- Oui ? me dit-elle sèchement, en fronçant les sourcils.
- Bonjour, je vous prie de m'excuser, je suis le facteur et…
- Mais oui, me coupe-t-elle soudain avec un grand sourire, je vous reconnais, vous étiez à la sépulture de ma grand-mère…
- Oui, je…
- Elle me parlait beaucoup de vous, mais, je vous en prie, venez, entrez un moment…

Je la suis à l'intérieur et là, une grande émotion me saisit. Je respire un grand coup pour ne pas me laisser aller à la nostalgie. Julie se retourne, pose sa main sur mon bras.

- Ça va ? s'inquiète-t-elle gentiment.

Incapable du moindre mot, je hoche la tête en signe d'assentiment.

- Je vous en prie, asseyez-vous, je vais vous servir un café, ajouta-t-elle, en joignant le geste à la parole.

Je murmure un merci. Il me semble revenir un an plus tôt, lorsque Madame Jacquot me recevait. Julie enchaine :

- J'ai voulu vous remercier après la sépulture, pour tout ce que vous avez fait pour Mamie, mais vous étiez déjà parti…

- Oui, je ne voulais pas déranger, et… J'avais tant de chagrin…

Nous parlons un moment, puis il est temps pour moi de reprendre ma tournée. Julie m'annonce :

- Je reste ici quelque temps. Je loge dans la maison d'hôte du village, mais je viens chaque jour redonner un peu de vie à la maison. Surtout, si vous avez un peu de temps, n'hésitez pas à vous arrêter. Ça me fera tellement de bien d'évoquer Mamie avec vous…

- Ça sera avec grand plaisir, je vous remercie…

Je monte dans ma voiture, je suis heureux. Enfin, la maison de Madame Jacquot est à nouveau ouverte, et j'ai fait la connaissance de Julie. Elle est si belle avec ses grands yeux bleus.

Ce soir, je vais lire le cahier de sa grand-mère, ainsi je pourrai le rendre à Julie demain…

*

Au fil des pages, certaines phrases de Madame Jacquot prennent tout leur sens. Ainsi, quand elle m'avait avoué à demi-mot que Julie avait les yeux couleur de l'amour, je n'avais pas trop compris ce qu'elle avait voulu dire. Finalement, ses beaux yeux bleus viennent du grand amour de Madame Jacquot, mais personne ne le sait. Comment a-t-elle fait pour garder ce secret toute sa vie ?

J'arrive aux dernières pages, et alors il me semble entendre comme par le passé, la petite voix fluette de Madame Jacquot.

Pierre, Julie,
Je ne suis jamais arrivée à vous parler de Jean. Même au décès de Julien, je n'ai pas pu. Sachez que si Jean a été mon grand amour, Julien l'a été aussi. Avec le temps, avec sa gentillesse et sa patience. Je ne regrette aucun de mes choix. Ma vie, et par conséquent la vôtre, a été un concours de circonstances. Pardon de vous avoir caché la vérité. Julien vous a aimés comme les siens. Jean vous aurait aimés aussi. Si je laisse un écrit, c'est qu'il faut quand même que vous

connaissiez vos origines. Julie, tes magnifiques et si particuliers yeux bleus m'ont rappelé chaque jour ton vrai grand-père. Tu as les yeux de l'amour.
Je vous demande pardon,
Je vous aime

Maman, mamie

Je referme le cahier. Je suis bouleversé ; toute une vie tient entre ces pages. Et quelle vie ! Je me sens un peu mal à l'aise d'être entré dans l'intimité de cette famille… Comment expliquer à Julie que je suis en possession de ce cahier ?
Le lendemain, je ralentis devant la maison de Madame Jacquot, la

porte est ouverte, aussi je décide de m'arrêter. Julie m'accueille avec un grand sourire. Elle m'invite à entrer et je décide de tout lui avouer au sujet du cahier.

- Il faut que je vous dise quelque chose…
- Oui ? me demande-t-elle en me fixant de ses grands yeux bleus.
- J'espère que vous ne m'en voudrez pas… J'ai fait une chose pas très… honorable…
- Vous m'intriguez…
- Asseyons-nous, je vais vous expliquer… Voilà : chaque matin, sans exception, votre grand-mère me recevait avec le café et de délicieux gâteaux. Nous papotions une petite demi-heure sur nos vies, nous étions proches… Je l'aimais

comme si elle avait été ma grand-mère…

- Je n'en doute pas, elle aussi vous appréciait beaucoup, mais je ne vois pas où vous voulez en venir…

- Ce n'est pas facile à dire… C'est moi qui ai trouvé votre grand-mère, le matin où elle est partie… Elle m'attendait. Tout était prêt sur la table… Le café chaud, les petits gâteaux… On aurait dit qu'elle dormait dans son fauteuil… Elle avait entre les mains un gros cahier… Sans réfléchir, je l'ai pris avant que n'arrivent les pompiers…

- Vous l'avez volé ?

- Non, vous ne pouvez pas dire ça. À ce moment-là, j'ai juste pensé qu'elle l'avait sorti pour me le montrer… Je pensais vous le rendre

rapidement, mais vous êtes restée tellement longtemps sans revenir...
Joignant le geste à la parole, j'ajoute :
- Tenez, lisez-le, c'est important. Pour ma part, je n'avais jamais eu le courage de l'ouvrir, avant hier au soir...
Elle le prend sans un mot, j'enchaine :
- Pardonnez-moi. Je sais que je n'aurais dû ni le prendre, ni le lire, mais je suis certain qu'elle l'avait sorti pour me le montrer. Ou tout au moins, m'en parler. Vous m'en voulez ?
Après un petit silence, Julie murmure :
- Non, vous avez sans doute raison, Mamie voulait sûrement

vous en lire des passages… J'ai hâte de le découvrir…

- Oui, mais… Ça serait peut-être mieux que vous soyez avec un proche à ce moment-là…

- Ah bon… pourquoi ?

- Votre grand-mère y raconte tous les moments forts de sa vie depuis l'adolescence… J'en suis sorti complètement bouleversé, bien que je ne sois pas du tout concerné… Alors que vous, vous l'êtes directement…

Julie acquiesce. Ne sachant trop quoi faire de moi, je prétexte un petit retard dans ma tournée et m'en vais. Toute la journée, le contenu du cahier me trotte dans la tête. Aussi bien les magnifiques passages où Madame Jacquot parle de moi, que les moments tragiques de sa vie.

Chapitre 16

Le cahier d'Hortense

Julie ne suit pas le conseil de Stéphane. Sitôt ce dernier parti, elle se plonge dans le fameux cahier. Ce qu'elle éprouve au fur et à mesure de la lecture est un mélange de surprise, de tristesse et, elle doit bien se l'avouer, d'un peu de colère. À son tour, elle se demande comment sa grand-mère a fait pour garder ce secret toute une vie. Et sa grand-tante Thérèse, pourquoi n'a-t-elle rien dit ? Elle aurait pu, au décès de Julien, en parler à Pierre et à Julie. Après tout, elle aussi est un peu responsable du fait que Jean n'ait pas été au courant de l'existence de son fils. Ainsi, quelque part, elle a peut-être un grand-père encore vivant… Julie referme le cahier. Elle n'a plus goût à s'occuper de la maison. Elle pousse les volets, donne un tour de clef à la porte, et retourne au gîte de Vincent.

Quand ce dernier la voit arriver, il est frappé par la pâleur de la jeune femme. Il se précipite vers elle.

- Julie, que vous arrive-t-il ? lui dit-il en lui prenant les mains.
- Mon Dieu, si vous saviez… Avez-vous quelques minutes, que je vous raconte ?

- Bien sûr, allons nous asseoir au fond, nous y serons plus tranquilles.

Vincent a écouté Julie sans l'interrompre, estomaqué par cette histoire invraisemblable. La jeune fille conclut :

- J'aimerais tant retrouver mon vrai grand-père, mais son nom de famille n'est inscrit nulle part dans ce cahier…

- Pourquoi ne pas rechercher des anciens du bourg, et leur demander s'ils l'ont connu ?

- Il n'était pas de ce village, mais de La Motte-Servolex, et des « Jean », à l'époque, il y en avait en veux-tu en voilà… répond Julie, dubitative.

- Julie, ne sois pas défaitiste, lui dit Vincent, passant tout naturellement du vouvoiement au tutoiement. Donne-toi toutes les chances, sinon tu ne feras que vivre avec des regrets. Peut-être ne le retrouveras-tu pas, mais au moins tu auras essayé.

- Oui, tu as raison, Vincent, je te remercie…

- Si tu veux, je t'aiderai.

- Merci, tu es si gentil. Que ferais-je sans toi ?

Le jeune homme sourit. Il aurait pu faire tellement plus pour elle… au fil des jours, il s'est attaché à Julie. Il n'est pas indifférent à la sensibilité de la jeune femme. Il aime sa fragilité, sa douceur. Et, quand elle le fixe de ses grands yeux bleus, il fond littéralement.

Chapitre 17

La lettre

La semaine passe, et même si elle ne dort toujours pas dans la maison de sa grand-mère, Julie y va chaque jour. Parfois, Vincent la rejoint et ensemble, ils s'occupent à nettoyer la roseraie. Il aime ces moments qu'il partage avec la jeune fille. Elle est incollable sur les fleurs. Ainsi, elle lui apprend qu'offrir des roses sans tige signifie une rupture, elle connait également la signification de chaque couleur de roses.

Le jeune homme comprend que Madame Jacquot a transmis sa passion des fleurs à Julie.

Vincent voudrait tellement aider la jeune femme, aussi lui promet-il de l'emmener dimanche, à la messe, à la Motte-Servolex. Vincent espère y retrouver des anciens qui pourraient les renseigner sur ce fameux grand-père. Ils sont en plein débat sur les roses à garder et celles à enlever, quand Stéphane arrive, brandissant une lettre.

- Bonjour, j'ai une lettre un peu particulière...
- Bonjour. Comment ça, particulière ? demande Julie.
- Elle est adressée à votre grand-mère. C'est une lettre manuscrite... poursuit le facteur en la lui tendant.

Julie prend la lettre, la retourne. Au dos est inscrit en belle écriture déliée, Jean Buthod, suivi d'une adresse. Le cœur de la jeune femme bat plus vite. Elle lit le nom à voix haute, et les regarde l'un après l'autre, comme si elle attendait une explication.

- Votre grand-père ? interroge Stéphane.

- Ben, je ne sais pas… Pourquoi maintenant ?

- Ouvre-la, Julie, au lieu de te poser des questions, conseille Vincent, en souriant devant l'air éberlué des deux autres.

La jeune femme ouvre la lettre délicatement, afin de ne pas l'abimer, en sort une feuille un peu jaunie, et lit à voix haute :

Très chère Hortense,

Je voudrais te raconter une histoire. S'il te plait, prends le temps de la lire.
Il était une fois, un vieil homme qui avait mal au cœur. Cet homme avait regardé le printemps arriver, et cette année, encore bien plus intensément que les années précédentes. Il avait davantage apprécié les fleurs qui commençaient à colorer la nature, les premiers chants des oiseaux, la beauté des arbres en bourgeons. Il savait que de printemps, il n'en vivrait pas d'autres. Certains hommes sentent ces choses-là, il

était de ceux-là. Une récente mésaventure l'avait conduit malgré lui, dans une maison de retraite. Il ne s'en relèverait pas. Il n'avait plus le goût de vivre, et à son âge, ce sont des signes qui ne trompent pas. Un jour, un peu plus triste que les autres, il eut la visite du plus jeune de ses petits-fils, Nicolas. Ce dernier s'était vite rendu compte que son grand-père n'avait pas le moral. Aussi, pour essayer de le divertir, il le taquina sur ses amours de jeunesse, le pressant de les lui raconter.

Des amours de jeunesse ? Le vieil homme n'en avait eu qu'un. Il portait le doux nom d'Hortense… Mais la guerre d'Algérie, des lettres perdues et sûrement d'autres raisons y avaient mis fin...

Hortense, oh, Hortense, je sens la fin qui approche et je ne voudrais pas partir sans avoir eu de tes nouvelles. Tu as fait le choix, il y a bien longtemps, de ne pas m'attendre, notre histoire s'est arrêtée bien malgré moi. Quelque soixante années plus tard, je me pose encore la question : pourquoi ? Bien sûr, rien ne t'oblige à me répondre, mais je t'en prie, fais-moi un petit signe. Je guetterai le facteur chaque jour, dans l'espoir de te lire. Il ne me reste que peu de bonheur sur cette terre, une lettre de toi en serait un grand.

Jean

Les larmes coulent sur les joues de Julie. Elle est bouleversée. Entre la lecture du cahier de sa grand-mère, et celle de la lettre de Jean, Julie comprend que ces deux-là se sont aimés passionnément.

*

Vincent et Stéphane, attablés sous la tonnelle de glycine, devant un café, ne savent pas trop quoi conseiller à Julie ; peut-on annoncer par courrier, la mort de quelqu'un à un homme âgé ? Non. Mais, pour autant, peut-on lui faire croire qu'elle est encore en vie, alors que ce n'est pas vrai ? Non plus. Que faire ? Soudain, Vincent a une idée. Pourquoi Julie n'irait-elle pas à la maison de retraite ? Ainsi, elle pourrait expliquer toute l'histoire à Jean et, peut-être, lui laisser le journal d'Hortense ? La jeune femme est enthousiaste, elle va avoir enfin l'occasion de faire connaissance avec son grand-père.

Chapitre 18

La rencontre

Il fait un soleil magnifique, ce beau dimanche de juillet, où Julie, escortée par Vincent et Stéphane, se rend à « la Joie de vivre », maison de retraite où Jean réside. Vincent, toujours attentionné, a proposé à la jeune femme de l'emmener. Stéphane, ne voulant pas être de reste, a lui aussi offert ses services. Julie, avec un grand sourire, leur a répondu :

- Vous êtes vraiment très gentils, vous ne serez pas trop de deux pour me soutenir. J'appréhende tellement et pourtant, j'ai vraiment envie de rencontrer mon vrai grand-père.

Et c'est ainsi qu'ils se retrouvent tous les trois devant le grand bâtiment.

- Et s'il refuse de m'écouter ? s'inquiète Julie.

- Ne commence pas à chercher des excuses, l'interrompt Vincent. Allons-y maintenant.

Le trio pénètre dans le hall, se dirige vers l'accueil et tout naturellement, Vincent prend la parole :

- Bonjour, Madame, mon amie est la petite-fille de monsieur Jean Buthod et…

- Ah ben, inutile de le préciser, vous avez exactement les mêmes yeux que votre grand-père ! le coupe l'hôtesse, en regardant Julie, il est au logement 12, premier étage…

- Merci, madame, répondent en cœur les trois jeunes, en se dirigeant vers l'escalier. Vincent propose à Julie d'aller voir seule le vieil homme, Stéphane et lui attendront dans le couloir. Si elle a besoin d'eux, ils seront juste derrière la porte, la rassure le jeune homme. Julie accepte.

*

Jean et Nicolas, interrompus dans leur discussion, tournent la tête en

direction de la porte. Qui peut bien rendre visite au vieil homme, à cette heure de l'après-midi ? De nouveau, deux petits coups brefs résonnent à la porte :
- Entrez ! lance Jean.
La porte s'ouvre doucement, et ils voient une toute jeune femme entrer timidement. La première chose qui frappe Nicolas, ce sont ses yeux. Ils sont exactement de la même teinte que les siens et ceux de son grand-père. Julie, elle, ne voit que son aïeul, elle s'imprègne de chaque détail ; des cheveux blancs un peu ébouriffés, un front large, un regard préoccupé, mais doux, elle le trouve beau. Jean la dévisage également, son cœur se

serre, et comme s'il était possible qu'elle soit si jeune, il interroge :

- Hortense ?

- Je suis sa petite-fille… répond doucement Julie.

- Comme vous lui ressemblez… et il ajoute, comme pour lui-même, mis à part les yeux…

- J'ai les vôtres…

Et devant l'air abasourdi de Jean, Julie lui demande la permission de s'asseoir et se propose de lui expliquer la raison de sa visite. Le vieil homme ému, incapable du moindre mot, hoche la tête en signe d'assentiment.

La jeune femme commence son récit en parlant du cahier que sa grand-mère tenait. Elle lui parle des

lettres qu'Hortense n'a jamais eues. Le visage de Jean se décompose, il s'explique enfin le silence d'Hortense. Des larmes que le vieil homme n'essaie même pas de retenir coulent sur son visage. D'un geste compatissant, Julie pose sa main fine sur celle rugueuse de son grand-père, et lui tend le cahier en concluant :
- Je suis la fille de Pierre, et donc, votre petite-fille…
- Ma petite-fille… Mais oui, tu as raison, tu as les mêmes yeux que moi… Viens, viens donc, que je t'embrasse…
Jean se lève et enlace la jeune femme. Nicolas, resté silencieux jusque-là, s'exclame afin de détendre un peu l'atmosphère :

- Du coup, on est cousins !

Julie regarde ce jeune garçon qu'elle avait inconsciemment ignoré jusque-là.

- Mais oui, répond-elle avec un regard attendri.

- Et comment es-tu venue ?

- Mon Dieu, réagit subitement Julie, j'ai oublié mes amis, ils attendent derrière la porte !

Et, devant son air ahuri, Jean et Nicolas éclatent de rire.

- Va vite les chercher, dit le grand-père, avec un grand sourire.

Julie ouvre la porte et trouve ses deux amis assis par terre, en pleine discussion.

- Oh, je suis vraiment désolée, je vous ai complètement oubliés…

- Ne t'inquiète pas, on en a profité pour faire plus ample connaissance, lui répond Vincent.
- Venez, entrez, que je vous présente mon grand-père et mon cousin…

Chapitre 19

Moi, Julie

En rentrant de la maison de retraite, nous sommes tous un peu excités, et n'avons pas envie de nous quitter, aussi Vincent nous propose-t-il de venir dîner chez lui, aux « clarines ». Stéphane et lui se sont bien rapprochés durant cet après-midi, ils s'entendent comme deux larrons. Nous passons une très belle soirée, la sœur de Vincent, Lara, se joint à nous, égayant par sa bonne humeur nos conversations. Bien évidemment, nous parlons du bel après-midi plein d'émotions que nous avons passé. Puis, la conversation dévie sur ma grand-mère et finit avec les anecdotes de Stéphane, lors de ses tournées. Comme on a ri !!! La fois où le mauvais temps était tel que sa voiture avait glissé jusqu'à se trouver en équilibre au bord du ravin, et où il était sorti tout ahuri et tremblotant par la portière du passager, de peur de basculer... Mémorable souvenir qui avait fini au caveau des vignerons venus à son aide avec leur chariot élévateur. La fois où une chèvre avait grimpé sur le toit de sa voiture et s'était régalée de l'antenne ! Toutes les fois aussi où il avait surpris les gens au lever du lit, en petite tenue ! Lara, toute charmée par ses dons de conteur, réclame encore et encore des aventures. Stéphane jubile en poursuivant sur son arrivée dans l'avant-pays savoyard ; des vignerons l'avait invité à boire un verre afin de faire connaissance. Ils lui avaient servi un « petit rouge », et au bout d'un moment, alors que la discussion allait bon train, le jeune facteur s'était aperçu que tous avaient l'air d'attendre quelque chose. Il ne savait pas que la coutume voulait qu'on boive son verre et qu'on le fasse passer à celui d'à côté, et ainsi de suite. Il n'y avait qu'un verre pour tous ! Toutes ces anecdotes nous amènent jusque tard dans la nuit. Une belle complicité nous réunit et tout est prétexte à trinquer ; les péripéties de Stéphane, notre nouvelle amitié, la rencontre de mon grand-père, nos souvenirs avec ma grand-mère… Vincent, toujours aussi prévenant, invite Stéphane à dormir dans une des chambres ; ce dernier, ne se sentant pas en état de conduire, accepte son offre avec gratitude. Lara l'accompagne à l'étage tandis que Vincent me propose de sortir prendre un peu l'air. J'accepte volontiers, et nous voilà dehors. La nuit est claire, le ciel étoilé, une légère brise nous caresse le visage. Vincent prend ma main et nous marchons en silence. Je suis bien.

- Ça va, tu n'as pas froid ? me demande-t-il.

- Non, tout va bien, merci.

Vincent s'arrête, se tourne vers moi, prend mon visage entre ses mains et me dit tout doucement :

- Crois-tu que je puisse t'embrasser ?

Je murmure un « oui ». Vincent pose ses lèvres sur les miennes...

Chapitre 20

Moi, Jean

Comment dire toutes les émotions qui m'ont submergé après la visite de Julie ? De la reconnaissance envers Nicolas, pour m'avoir convaincu d'écrire à Hortense, un immense chagrin d'apprendre qu'elle est décédée, de la fierté d'avoir une petite-fille qui a mes yeux et… une grande colère. Je suis passé à côté d'un fils, à côté de mon grand amour également, et tout cela à cause d'un homme qui a décidé de notre vie, à Hortense et à moi. Je suis accablé. Je ne peux m'empêcher de me demander ce qu'aurait été ma vie si le père d'Hortense n'avait pas brûlé mes lettres.

Je vais me coucher, emportant avec moi le cahier d'Hortense. J'ai hâte de le lire et en même temps, je suis un peu gêné d'entrer dans son intimité. Et puis, je me dis que Julie l'a déjà lu et qu'elle me l'a donné en pleine connaissance.

Le journal commence à l'été 1956, je lis à voix haute, comme pour mieux m'imprégner des mots.

« Dimanche 3 juin 1956,
Aujourd'hui, à la vogue j'ai rencontré un homme. Il s'appelle

Jean. Il est beau. Il a des yeux d'un bleu comme je n'en ai jamais vu. Je commence un journal, car je sais que notre histoire va être exceptionnelle, et je ne veux rien oublier. Jean est l'homme de ma vie. Je le sais. Il me plait tellement ! C'est un peu comme si ma vie commençait aujourd'hui... »

J'interromps un instant ma lecture. Je me rappelle avoir pensé la même chose. Nous étions vraiment faits l'un pour l'autre. Ce fut une évidence pour nous deux. Quel gâchis ! je poursuis ma lecture et je découvre la détresse d'Hortense lorsqu'elle a pensé que je l'avais oubliée. Sa panique, quand elle a découvert sa grossesse. Comme elle a dû me détester. Et puis, Julien. Julien et sa gentillesse. J'entrevois au fil des pages, son attachement pour lui. Puis, son quotidien, ses enfants, et des pages remplies de petits bonheurs, de petits malheurs également. Enfin les aveux de son père. Son soulagement de savoir que je l'avais vraiment aimée, les yeux de sa petite-fille qui, chaque jour, était comme un petit signe de moi. Oh, mon Hortense, qu'avons-nous souffert de la bêtise de ton père ! Comme je suis soulagé de savoir que toi aussi tu m'as aimé passionnément. Je referme le cahier, je n'ai pas le courage de continuer sa lecture ce soir. Des larmes de regret coulent le long de mes joues. Je pleure cet amour avorté, et tout ce qui en a découlé.

Chapitre 21

Moi, Pierre

Je suis sous le choc. Je viens d'apprendre par ma fille que je ne suis pas le fils de Julien. Comment maman a-t-elle pu me mentir ainsi, et surtout, si longtemps ? Julie m'a également annoncé qu'elle avait été à la rencontre de mon vrai père, et qu'il avait été aussi surpris que moi d'apprendre qu'il avait un autre fils et une petite-fille. Elle a ajouté qu'il était impatient de me rencontrer. Je décide d'aller le voir aujourd'hui même ; j'ai besoin de savoir. Julie m'a parlé du cahier de ma mère. J'aimerais m'y plonger pour essayer de comprendre.

*

Je respire un bon coup et frappe à la porte du logement. J'ai beau avoir presque soixante ans, je suis angoissé comme un gamin.
- Entrez, me répond une voix fatiguée.
J'ouvre la porte et me retrouve devant un vieil homme qui a exactement le même regard que ma fille. Je ne sais ce qu'il se passe en moi à cet instant, un trop plein d'émotion sûrement, les larmes me montent aux yeux, et je ne peux ni parler, ni bouger. Je suis comme paralysé. Cet homme, qui est mon

père, s'approche en me fixant de son beau regard bleu :

- Bonjour, Pierre. Comme tu ressembles à Hortense…

Ses yeux à lui aussi sont pleins de larmes et je me laisse aller dans ses bras en sanglotant. Tant d'années perdues… Jean me laisse me calmer et me tend un mouchoir en tissu bien repassé ; Julien avait les mêmes. Je le saisis et m'essuie les yeux.

- Assieds-toi, mon petit, nous avons tellement de choses à nous dire…

Et Jean me raconte pourquoi nous sommes passés l'un à côté de l'autre. Il me dit avoir commencé à lire le cahier d'Hortense, mais n'avoir pas trouvé la force de le poursuivre pour l'instant ; il a besoin d'un peu de temps pour digérer les premières pages. Il sait pourquoi il n'a jamais eu de nouvelles de ma mère, pourquoi elle épousé Julien, et la façon dont mon grand-père a décidé de nos vies. Il ajoute que les regrets ne servent à rien, qu'il faut que je vive sans en avoir. Que maintenant, nous connaissons l'existence l'un de l'autre et que c'est le plus important. Qu'il ne pensait plus connaître un si grand bonheur à l'automne de sa vie. Jean me demande si Julien a été un bon père.

- Oui, je n'ai jamais senti que je n'étais pas son fils ; il n'a fait aucune différence entre ses filles et moi… ça a été un très bon père… Je l'ai beaucoup aimé…

- Tant mieux, au moins tu n'auras pas souffert de la situation…

- Oui, mais ce n'était pas mon père… Et je suis passé à côté de toi…

- Ta fille a mes yeux…

- Oui, on se demandait d'où venaient ses yeux bleus… Ma mère n'a jamais rien dit et Julien l'a toujours adorée, alors que lui savait… Quel grand homme !

- Oui, et apparemment, il a rendu Hortense heureuse…

Nous parlons encore un peu, puis je sens que Jean se fatigue.

- Je vais y aller, je reviendrai te voir très vite, avec Julie…

- Je suis heureux de t'avoir rencontré, mon garçon…
- Moi aussi…

J'embrasse mon père, il me serre dans ses bras, murmure « merci » et je quitte son logement.

Une fois dehors, j'ai besoin de partager ma rencontre avec quelqu'un. J'appelle Julie, lui demande si je peux lui rendre visite.

- Oui, bien sûr, je suis à la maison de Mamie, je t'attends.
- Le temps de faire la route, et j'arrive…

Chapitre 22

Moi, Julie

Quand mon père arrive, je vois tout de suite qu'il est bouleversé. Il se dirige directement vers moi, me serre dans ses bras, m'embrasse.
- Ma Julie, je suis tout retourné…
- Calme-toi, papa. C'est comme ça, tu ne peux pas changer le passé, tu n'as d'autre choix que d'accepter que Mamie ait gardé le secret toutes ces années. Tu sais, j'ai beaucoup pensé à sa vie, sa décision n'a pas dû être facile à prendre. Ne lui en veux pas, elle a

fait ce qu'elle pensait être le mieux. Et puis, Papy Julien était tellement gentil… Quand tu auras lu le cahier de Mamie, tu comprendras mieux…
- Oui, sans doute…
- Allez, viens, entre boire un café… lui dis-je, en le prenant par le bras. Et j'ajoute,
- Je vais te présenter quelqu'un …
Tout de suite, à ma grande joie, entre Vincent et papa, le courant passe. Attablés devant un café, nous discutons, tout simplement heureux d'être réunis.

*

Les jours passent et je vais régulièrement voir mon grand-père. Je le trouve fatigué ; bien sûr, il a l'air d'apprécier mes visites, mais on dirait qu'une tristesse continuelle l'habite. J'en ai parlé à Nicolas, mon cousin, il me dit que notre aïeul a perdu sa joie de vivre quand il a dû quitter sa maison, et que depuis qu'il sait pour Hortense, c'est pire. Je voudrais tant lui rendre le sourire…

Vincent, avec qui, désormais, je passe beaucoup de temps, me conseille de l'emmener revoir sa maison. Je trouve l'idée excellente et m'empresse d'en parler à mon grand-père Jean qui accepte, mais à mon grand étonnement, sans trop d'enthousiasme.

Le lendemain, quand Stéphane passe me faire un coucou lors de sa tournée, je lui parle du projet d'emmener mon aïeul revoir sa maison, il trouve l'idée bonne.

- Est-ce qu'avec Lara, on peut venir avec vous ? Elle rêve de rencontrer ton grand-père, avec tout ce qu'on lui a raconté...

Je plaisante :

- Dis-moi, vous ne vous seriez pas rapprochés, par hasard, avec Lara ?

- Si, je crois que je suis amoureux, me répond-il, avec un grand sourire, on s'entend à merveille, on projette d'habiter ensemble... Tu vas être ma belle-sœur, ajoute Stéphane dans un éclat de rire.

- Comme nos vies ont changé ces derniers temps, répliqué-je, toi et Lara, Vincent et moi, notre amitié à tous les quatre, la rencontre avec mon grand-père, que de bonheur, je suis comblée…

- Ta grand-mère serait tellement heureuse de tous ces changements…

C'est décidé, dimanche nous serons tous présents pour emmener Papy Jean à sa maison.

Chapitre 22

Moi, Jean

Non, je n'avais pas très envie de retourner chez moi. À quoi bon ? Pour avoir encore plus de regrets quand je devrai regagner mon mouroir ? Mais voilà, la petite avait l'air de tellement y tenir, je n'ai pas eu le cœur de lui refuser. Ils sont tous tellement gentils avec moi. Vincent, l'amoureux de Julie, ne sait quoi faire pour me plaire. C'est ainsi qu'aujourd'hui, je me retrouve devant la porte de ma maison, entouré de Julie, Vincent, Stéphane, Lara et Nicolas.

- Tiens, me dit ce dernier, en me tendant les clefs, à toi l'honneur, c'est ta maison…

Je prends le trousseau sans un mot. L'émotion me serre la gorge. Je le savais que ce n'était pas une bonne idée de revenir ici. J'ouvre la porte, et plus rien n'est pareil, il est où mon chien, mon vieux Sam ? Et ces draps posés çà et là sur les meubles, comme dans une maison fantôme. Je vois au regard de Julie, qu'elle n'avait pas pensé que ça serait ainsi. Elle me regarde d'un air navré, et murmure tout près de moi :

- Je suis désolée, Papy, je ne savais pas…

- Moi non plus, Papy, je ne savais pas, papa ne m'a rien dit… enchaine Nicolas.

Je voudrais mentir, et leur dire que ce n'est pas grave, mais je n'arrive même pas à leur répondre. Je sors et je me dirige derrière la maison pour voir mon poulailler. Comme je m'en doutais, il est vide. J'essuie prestement les larmes que je n'arrive plus à retenir, avant que les jeunes ne me rejoignent. La visite n'aura pas duré plus d'un quart d'heure, mais je suis épuisé. Je leur demande de me ramener. Sur la route du retour, je ferme les yeux, je n'ai pas envie de parler, je leur laisse croire que je dors. Arrivés à la maison de retraite, je les remercie de leur attention, leur explique que je veux me reposer, je n'ai pas envie qu'ils restent près de moi. Je serre ma petite Julie contre mon cœur, je lui dis qu'elle est le rayon de soleil de mes vieux jours, je lui dis aussi qu'un jour j'aimerais aller me recueillir sur la tombe d'Hortense, j'ai tant de choses à lui dire. Je prends également Nicolas dans mes bras et le remercie de m'avoir poussé à rechercher Hortense, que tout ce qui en découle est du bonheur. Puis, je salue leurs amis et entre dans mon logement.

Il est à peine dix-sept heures, mais je n'ai qu'une hâte, c'est de me coucher. Péniblement, car il me semble ne plus avoir de force, je mets mon pyjama, prends le cahier d'Hortense et me couche. Je l'ai presque fini, il ne reste que quelques pages. J'aime ce moment où je retrouve mon premier amour. Enfin, je tourne la dernière page, je lis tout doucement :

« Julie, tes magnifiques et si particuliers yeux bleus m'ont rappelé chaque jour ton vrai grand-père. Tu as les yeux de l'amour… »

Je ferme les yeux, je n'irai pas sur la tombe d'Hortense… Hortense, mon amour…

Epilogue

Quand Nicolas m'a appelée pour me dire que Papy Jean était décédé dans son sommeil, je n'ai pas été vraiment surprise. Son étreinte de la veille était un peu comme un adieu. J'ai été heureuse de le rencontrer, mais si triste que nous ayons eu si peu de temps à partager. Lors de sa sépulture, j'ai fait connaissance avec la famille de Papy Jean, qui est aussi la mienne par le sang. Tous m'ont bien accueillie.

Aujourd'hui, je me marie avec Vincent. Stéphane et Lara sont nos témoins. J'entre dans l'église au bras de mon père. Je pense à tous ceux qui ont fait ma vie, avec leurs amours, leurs secrets et leurs certitudes. La vie peut être si compliquée quelquefois, mais elle sait aussi être si belle…

L'auteur rappelle que toute ressemblance avec des personnes existantes ou ayant existé est une pure coïncidence.

Un grand merci à

Mon père, Michel Menoud, pour m'avoir raconté la vie de ces jeunes gens envoyés au combat en Algérie en 1957.

Stéphane Le Bourhis, le facteur de notre hameau, pour m'avoir parlé avec patience de son beau métier.
Il n'a en commun avec le facteur de ce roman que le prénom, la gentillesse, la serviabilité et l'humour.

Marie-José Cassassus qui m'a tant appris, et qui m'a encore une fois beaucoup aidée dans l'écriture de ce roman.

Ma fille Emilie, pour son magnifique regard qui illumine la première de couverture.

Cindy Gallin et Priscillia Menoud pour leur travail d'ajustement sur la photo.

Didier Mougeolle et mon fils Guillaume, pour le montage photo de la première de couverture.

Frédéric, mon mari, pour la mise en page de ce roman.

Tous mes lecteurs, et plus particulièrement Louise Rolland, jeune et fidèle lectrice, avec qui je partage cette magnifique aventure qu'est l'écriture.